진진욱 제4시집

첫사랑

시루 속에 키운

물망초

한누리미디어

국립중앙도서관 출판시도서목록(CIP)

첫사랑, 시루 속에 키운 물망초 : 진진욱 제4시집 /지은이 : 진
진욱. -- 서울 : 한누리미디어, 2006
   p. ;   cm

ISBN 89-7969-292-7 03810 : ₩7000

811.6-KDC4
895.715-DDC21   CIP2006001758

1부 보이지 않는 그녀

2부 소라 껍질 속 사랑

3부 가슴앓이 사랑

4부 그대 곁에 머물러 있을 때

5부 안개 속에 숨겨둔 사랑

6부 그녀도 가고 사랑도 가고

보이지 않는 그녀 **1**부

첫사랑

시루 속에
키운 물망초

비
— 나의 연시戀詩에 대한 고백

비는 언제나 나를 창살 속에 가두어요
지금도 눈 깜짝할 사이 원통형 철장 하나 세워
나를 아주 가둬 버렸어요
새장에 갇힌 새들은 노래를 부르기도 하고
춤을 추기도 하지만, 난 이게 뭐예요
이만한 중형을 받을 만큼 그게 큰 죄였나요.
나는 그때 군복을 입은 육군 일등병이었고
입대 전, 사귀고 있는 여인과
그냥 예사롭게 인사만 주고받을 정도의 여인이 있었어요
사귀는 것과 알고 지낸다는 건 의미가 다르죠.
입대 후, 예사롭게 알고 지낸 그 여인이
매주 두세 번씩 편지를 보내 왔어요.
차츰차츰 사랑한다는 표현의 강도强度가
봉투의 무게를 더해 가더니, 나중에는 휴가 때
약혼식이나 결혼식을 하면 어떻겠느냐는
나에게는 충격적인 제안을 해 온 겁니다.
사실 그녀에게 사랑이란 용어를 하지 않은 건
사귀고 있는 여인이 따로 있기 때문이었어요.
최후의 수단으로 발포한 포탄
눈물과 화약이 범벅된 그 포탄을 맞고 쓰러졌다는 소문은
제대 후 십수 년만에 알았습니다.

사십여 년이 가까운데도 찾을 수 없는 건
그녀는 이미 먼 데가 아니면
질경이로 살아가고 있을지 모릅니다.

보이지 않는 건 그대뿐

별빛들이 내려와 밤새도록 멱을 감는
움푹 패인 공룡의 발자국도 그때 그 자리
소가야 옛 성터도 거기 그대로
남산공원 충혼탑도 거기 그대로

산과 바다가 고집스레 주저앉아 떠나지 않는
그곳은
내게 있어서 고향일 테지만
알고 보면, 그녀와 나 둘에게는 사랑의 본향

밤차에서 내려 고향집 대문 안으로 들어서면
현관 유리창에 반달처럼 얼비치는
허리 굽은 어머니와 아버지 모습만 다를 뿐
옆집, 뒷집 개 짖는 소리도 그때 그 소리

하나였던 태양이며
하나였던 달이며
낙원 골프장 그 좁은 골목길에 꽉 꽉 들어찬
어둠까지가 그때 그대로인데

없어라

없어라
부르고 불러, 몇 만 번이고 부를 이름은 내게
있어도 대답해 줄 그녀는 아예 없어라.

>>>>> 첫사랑, 시루 속에 키운 물망초 •

숙이 생각

비가 내리면 나는 알아요
그대가 울고 있다는 걸 오래 전부터 알고 있었어요
유난히 눈물이 많은 내가 덩달아 울지 않는 건
우리가 함께 울면 지구가 떠내려갈지 모르니까요
행복한 사람들은 행복해야 되니까요
그렇다고 아예 울지 않는 건 아니랍니다
난 지금 아무도 몰래 내 눈물 꽁꽁 얼리고 있어요
비가 내리지 않아 울지 않아도 될 겨울이 오면
빙산처럼 얼려놓은 내 눈물 솜털같이 갈아서
그대 머리 위에 뿌려 면사포 하나 씌워 줄려고요
뿌리고 또 뿌리어 하얀 드레스까지 입혀 줄려고요

계절이 바뀌어 겨울이 오면
눈이 내리면 첫눈이 내리면 그대 얼른 밖으로 나와
내 선물을 받아 주세요 드레스를 입고 면사포를 쓰고
내가 깔아 놓은 하얀 카펫을 사푼사푼 밟다가
그대 옆에 내가 있다는 생각으로 사진도 찍어 보세요
나에게는 주소가 없어요
어렵게 올린 결혼식, 사진일랑 꿈 속으로 보내주시지요.

바닷가 빈 집

사랑하는 사람이여
바다가 우릴 부른다
한적한 바닷가 빈 오두막집 한 채
전등불도 등대도 보이지 않지만
파도소리 남실거리고
새벽마다 뱃고동 울어대면
수평선에 태양이 솟는 작은 우주
이 아담한 외딴 오두막집에서
해초를 뜯어 양식을 하며
우리들의 운명이 다할 때까지
오순도순 살아가면 안 될까
낮에는
모래성을 쌓으며 행복을 나누고
밤엔
나란히 꿈속에서 사랑을 나누는
바다보다 깊은 행복
하늘보다 넓은 사랑
나의 운명에서 지울 수 없는 여인아!
소라 껍질 같은 오두막에서 살다가
때가 되면 조용히 떠나자
그 작은 우주에게 고마웠다 말하며
우리 둘 손잡고 부르는 대로 떠나자.

그녀의 눈빛

그녀의 눈빛은 남달랐다
황폐화 된 시공時空에
그 눈빛 펼쳐지면……
누가, 그런 눈빛을 보았는가

그녀의 눈빛이 닿는 곳마다
신음하는 빗소리
낙엽 지는 소리
나는 새 울음도 듣지 못했다

솜사탕 같은 그녀의 눈빛 세계
녹을수록 달콤하고
다 녹고 나면 울어 버릴 것 같은
누가 이런 세계를 보았는가

나의 동공 속 그 눈빛 때문에
보고 싶어 울고 싶지만
그녀의 눈빛 세계가 얼룩질까 봐
그 낙원이 황폐화 될까 봐

보랏빛 안개를 본 적 있는가

보랏빛 안개꽃을 본 적 있는가
나는 저 석양이 부럽지 않다
그녀의 패러다이스 하나만으로.

그대가 섬이 되어 준다면

등대 없는 밤바다, 여기가 어디냐
검은 바다의 거친 살결을 핥으며
내 배는 고집을 부린다
한 번도 태양을 본 적 없는 지루한 항해
태양이 아니라 그대를 찾아다니느라
갈기갈기 찢겨 나간 천 조각이며
손잡이만 남아 있는 다 닳은 노櫓
난 약간 지쳐 있을 뿐
이대로 쓰러지지는 않을 것이다
사랑하는 사람이여
그대가 섬이 되어 준다면 얼마나 좋으랴
나의 배가 당신의 섬에 좌초되어
한 조각 뼈라도 안기게 된다면
이 얼마나 좋으랴, 검은 바다여!
이것이 위 없는 축복 아니고 무엇이랴
파도야, 어디 한 번 거세게 몰아쳐 다오
나를 위해 바람아, 모질게 일어서라
축복이 기다린다. 그대가 기다리고 있다.

산사山寺가 아니면 성당聖堂

한 번쯤은 산길을 따라 산사에 들러 볼까
그이는 그이대로 나를 찾지 못해
두 손 모은 채 무릎 꿇고 앉아 있을지
중년의 관절을 삐걱거리며
삼천 번의 절을 하고
탑돌이를 하고 있을지
그이의 고향 광주에도 절이 있겠지.
한 곳에 머물러도
정처 없이 떠도는 이 마음.
성당으로 가서 성모 마리아님께
그이를 아느냐고
울면서 매달려 볼까
왜, 헤어졌느냐고 물으면 그건 순전히
나 때문이라고
고해성사라도 해 볼까
그이가 만약 하늘에 가 있다면 난, 난
어떻게 하늘로 오른담
조금씩 쇠퇴되는 기력
그이도 마찬가지겠지만 밤이 되면
있는 힘 다하여 창문을 열어제킨다
산사가 보이고 성당이 보이고
첨탑의 불빛이 내 붉은 눈물 같구나.

>>>>> 첫사랑, 시루 속에 키운 물망초 •

왜, 그랬을까

새마을 열차, 옆자리에 앉았던 소녀의 모습이
세월이 지나도록 잊혀지지가 않는다.
머리는 갈색이었지만
조선의 표정, 조선의 말씨하며
몸놀림까지도 옛 그녀를 닮았다.
난꽃의 영혼 같았다
매화의 영혼 같았다
어쩌면 그렇게, 내가 찾는 여인을 닮았을까
아쉬운 건
아무래도 세월이 흐를수록 아쉬운 건
엄마 이름을 물어보지 못한 점.
그때는 무슨 잡담이 그렇게 많아
세상에서 제일 귀중한 물음을 까맣게 잊고 있었을까
언제쯤 그 소녀와 다시 기차를 탈 수 있을지 몰라도
만나기만 하면 당장 엄마의 이름부터 물어봐야지.

너를 생각하면 나도 얼고 싶다

세상에 둘도 없는 님아
찬 바람에 온 몸 얼어붙지 않았느냐
산과 들, 거리마다 빈 데 없이
메워져 있는 찬 기운
님아, 세상에 하나뿐인 내 님아!
어서 빨리 이 아랫목으로 와서
동태같이 얼어붙은 몸 녹여보려무나
수십 년 세월, 속 깊이 얼어붙은 서러움일랑
활활 타고 있는 그리움으로 녹여주마
털 빠진 병든 새처럼
어느 거리, 어느 숲에서 떨고 있을까

님 오지 않는다면 연탄불을 끄고,
나도 알몸으로 님의 고통을 고스란히 안아 볼까
우리가 다시 만난다면
옛날 같은 봄이 다시 온다면
님을 위하여 온 마당에 꽃을 심으리
가난하지만 두 목숨 굶기야 하겠나
오늘따라 왜
문풍지 없는 창문 사이로, 세찬
바람이 전신을 오므라들게 해대는지.

혼자 우는 밤

그대는 저녁 노을
떠나고 나면 나는 어둠이어라

그대는 나뭇잎
떠나고 나면 나는 나목이어라

그대는 눈송이
떠나고 나면 나만 젖어 있겠네

안개 속에 갇힌 나
그대는 모르고 되돌아갔겠네

하늘에는 조각달
먼 산, 새들아 우짖지 말거라.

남은 정情

그대여! 바람이 불면
종이학을 날려 보내세요
나에게 남은 그대 사랑
뿌리째 뽑아 보내드리리다

잔잔한 파도 일면
종이배를 띄워 보내세요
나에게 남은 그리움
모조리 실어 보내드리리다

반쪽 사랑으로는
싹이 트지 않아요
자꾸만 곪아서
그리움으로 변하고 있어요

이대로 가면
나는 앉으나 서나
언제나 물 속에 가라앉아
숨 가쁜 여생을 보내야만 해요.

색 바랜 가을비

가을비가 잠을 깨운 새벽 4시
저절로 켜지는 두뇌 속 영상
작은 우산 하나로
너와 나 양어깨엔 빗물이 젖어들고
맞붙은 어깨엔 진실이 고였다

발바닥으로부터 치솟기 시작하는
촉촉한 사랑의 수치
사랑한다는 말 없어도
우리들의 대화가 다정했기에
봄비보다 부드러운 그 밤의 가을비

우산 색깔은 기억나지 않지만
무슨 말을 했는지 기억나지 않지만
발길에 떨어지는 낙엽만은
우리들의 세상을 환하게 비춰주는
아름다운 꽃들이었지

너와 나의 양어깨가 바싹 마른 지
너무 오랜 세월
가을비는 오는데 잃어버린 그대와

사라진 우산
가을비여! 너로부터 고문을 당하다니.

9월에 핀 난蘭

해묵은 그리움에 밀려
계절이 바뀌고 해가 바뀌면서
점점 잊혀져 가던 너

제 철도 아닌 계절에 느닷없이
화들짝 피어
나를 놀라게 하다니

몇 해 전보다 수척해 보이긴 해도
불현듯 나타난 너 때문에
돌풍같이 일어서는 묵은 그리움

너로 인하여
그 여인
지금의 너처럼 찾아와 준다면

까마득하게 사라진
아름답고 향기로운 여인
너처럼 이 9월에 찾아와 준다면.

그녀는 지금

종말에 다다를 때까지는 그녀의 모습을
기억하고 있어야 하는데
길을 가다가도 금방
알아볼 수 있어야 하는데
짧은 사랑에 너무 긴 이별이어서
갈수록 희미해지는 안타까운 그 모습

지하철 옆자리에
그녀가 앉아 있었던 건 아닐까
비좁은 버스칸에서
등을 맞대고 서 있었던 건 아닐까
수많은 밤을 하얗게 탈색해 가며
애타게 찾아 헤매는 이 와중에

시력보다 앞질러 뿌연
잊어서는 안 될 그 모습
꿈에라도 한 번 나타나 준다면
옆모습만 보아도 쉽게 가려낼 수 있을 텐데
한 번 부르면 여럿이 돌아볼
그 이름만으로 어쩌나.

그대 가슴엔 내가 있다

나는 배입니다
당신은 바다이고요
유유히 떠다닐 때나 침몰한다 해도
나는 늘 그대 가슴에 있습니다
때로는 그대가 몹시 뒤척여
나의 뱃머리가 어지러울 때도 있지만
그대가 잔잔한 날은
아름다운 산호초를 들여다보며
그것이 아름다워 꺾고 싶지만
아껴두고 싶어 차마 꺾지를 못합니다

지금의 나에게는 등대도 필요 없고
항해도는 더욱 필요하지 않습니다
만약 바닷물이 마른다면
나의 배는 그대 가슴에 박힌 채
그대와 함께 음계로 남아, 두고두고
사랑에 굶주린 사람들에게
아름다운 사랑의 노래가
되어 줄 것입니다
노을 속으로 짝지어 날아가는 기러기가
사랑은 아름답다고 노래하네요.

그대는 오로라

열차를 타고 가면 그대 모습이 보이고
바닷가를 거닐면 그대 목소리가 들린다

꽃집 앞을 지날 때마다 그대 향기에 젖고
갈대 숲을 바라보면
헤어나지 못하는 그대 몸부림이 선하다

꿈길에서나마 잠시 잊어 볼 마음으로
꿈길 입구에 문짝까지 달아 두었더니
자정도 못 가 떨어져 나가고

오, 강렬한 그리움이여
나의 무덤 속까지 파고 들 빛이여
그대는 영원한 나의 Aurora.

달 속 여인

수많은 촛불을 밤하늘에 밝혀 놓고
달 속에서 떠나지 않는
당신은 누구십니까

쓰러지면 일어나고 또 일어나
왔던 길을 되풀이하는 당신의
기도는 무엇입니까

나는 이미 은하수를 떠나
파도가 찰랑대는 이 지상으로
내려선 지 오래인데

누구신지 모르지만
이제는 그만 기도를 멈추어요
지금의 은하수는 비어 있어요

요 며칠은 보이지 않더니
하늘에도 토굴이 있나요
거기서는 무슨 기도를 하셨나요

물 위에 얼비치는 모습으로는

누구인지 정확히 알 수 없지만
당신은 아마 꿈에도 그리는

나 여기 기다리고 있어요
세상에 우리 둘만 혼자인 걸 보면
당신은 나의 님이 틀림없어요

우리는 먼 옛날 은하수의 붕괴로
제각각 추락하고 말았지요
여긴 지상이어요, 난 아직 살아있어요.

얼굴

들어설수록 점점 깊어만 가는
깊을수록 그리움 더욱더 선명한 것은
서치라이트 같은 그대 얼굴이
뒤안길 구석구석을
비춰주기 때문입니다
만남의 첫 페이지에서 이별의
마지막 페이지까지
점 하나 놓치지 않고 들춰주기 때문입니다

그대가 내게 남긴 것은
슬픈 클래식이 합성된 시네마스코프
지금은 나 혼자서
언제 끝날지도 모르는 무성영화를
지겹도록 만들어 가고 있습니다
그대를 만나지 못하면
남아 있는 필름이 다 될 때까지
지루한 작업을 이어갈 수밖에 없습니다.

소라 껍질 속 사랑 2부

황혼녘 사랑

마음이 순백하여 겉모습까지 하이얀
당신은 전생에 백조였나니
묻지 않아도 그대 고향은
철새들의 낙원인 시베리아 동부라네

잃어버린 깃털 찾아 먼 길을 나섰다가
지쳐 쓰러져 몸이 바뀐 여인이여
혹여, 나를 만나기 위한 의도였다면
나도 그대 위해 쓰러지도록 사랑하겠네

부여받은 시간은 종말에 가깝고
사랑의 행선지는 사막너머 아득한 곳
짝을 지어 왔다가 짝을 지어 떠나는
오, 철새여. 우리에게도 길을 알려 주렴

이대로 끝낼 수 없어 미리 전해 주노니
사랑하는 여인이여
그대와 내가 다시 태어난다면
우리가 만날 곳은 시베리아 동부라네.

사랑에 대하여

사랑은 꺾는 것이 아니라 피우는 것이라고
화훼단지 주인처럼
비닐 하우스를 뜯어 삼키는 강풍을 극복하며
폭우를 극복하며
밑거름을 줘가며 가지를 쳐가며
보살펴 가는 것이라고
내가 나에게 끈질기도록 타일러 준 사랑 법

사랑은 소유하는 것이 아니라 주는 것이라고
화훼단지 주인처럼
손발톱 밑에 때가 끼어야 하며
손발 바닥에 굳은살이 박혀야 하며
구릿빛 살갗에 주렁주렁
땀방울이 맺혀야 되는 것이라고
내가 나에게 밤낮 가르친 사랑의 헌신 법

적막이 밀려와도 외롭지 않은 것은
쓸쓸하지 않은 것은
뿌려놓은 헌신들이 꽃으로 활짝 피어
내게 고운 빛깔 건네주기 때문이리
은은한 향기 실타래처럼 풀어
떠밀릴 듯한 나를 꼭, 붙잡아 주기 때문이리.

두 얼굴의 해돋이

사랑하는 사람이 있는 자에게의
해돋이는
떡잎 하나 더 포개는 행운이지만
사랑하는 사람이 없는 자에게의
해돋이는
낙엽 하나 더 떨구는 아픔이다.

그대 위한 링거

백합꽃을 만나면 그대 만난 것같아
세상과 우리 사이에 벽을 치고 싶어라
꽃이 지면 함께 잠들었다가
꽃이 피면 함께 일어나
그대는 향기로 말하고
나는 코끝으로 말하고
그러다가 내 운명에 적신호가 켜지면
뿌리 감싼 흙 위에 관 없이 누웠다가
그대 위해 방울방울 타 내리고 싶어라.

사라지지 않는 여인

그냥 두면 잊혀 버릴까 봐
여인은 내게
귀환의 긴 행렬인 봄을 쑤욱 내밀며
저를 찾아보란다

그냥 두면 잊혀 버릴까 봐
여인 또
빗물 고인 여름을 내게 펼쳐 보이며
바닥난 눈물 가득 채워 두란다

미련 없이 지워 버릴까 봐
지워질 듯 지워질 듯하면
허공 부풀린 가을을 내게 펼쳐 보이며
저만을 위한 그리움 가득 채워 보란다

빼앗길까 봐 잊혀질까 봐
여인은 내게 또
문풍지 시끌대는 겨울을 펼쳐 보이며
꿈에게의 외도마저 막으려 한다

봄 여름 가을 겨울을

수제비처럼 뚝뚝 떼어
펄펄 끓는 내 가슴에 무참히 내던지는
여인, 숨어 사는 내 여인.

깊은 밤

고요한 밤이 오면 그대 모습 점점 다가와
그대 눈빛에 별빛이 지고
그대 숨결에 바람소리 잦아들어
어둠이 깊어 갈수록
그리움으로 가는 길은 광선처럼 눈부셔
너와 나 너무 쉽게
이름 모를 동네, 이름 모를 강가에 닿아
모닥불을 지핀다

고요롭지 못한 이 도시를 떠나면
밤마다 이렇게 행복할 수 있겠다
노트 몇 권
연필 몇 자루 챙겨 들고
부질없는 이 도시를 떠나면
밤마다 모닥불 뜨겁도록 지필 수 있겠다
너와 나의 입술이 너무 뜨거워
갖다대면 앵두처럼 터질지도 모르겠다.

님에게 남기는 마지막 노래

나는 풀 포기 나의 시는 꽃이요
희귀한 꽃을 피워 님의 발길 끌어들이려
뿌리 끝이 멍들도록 수액을 퍼 올리지요

염원대로 피었으면 님 벌써 만났을 걸
야속한 건, 매 한 가지
님이나 꽃이나

귀뚜라미 밤마다 울어 갈 길을 재촉하면
꽃이며 풀 포기, 이냥 두고 떠나야 할 나

눈앞에 드러난 기다림의 마지막 칸
님은 끝내 보이지 않고
검은 천을 앞세우고 몰려드는 귀뚜라미

님이여, 술래여
나는 이미 사라진 몸 말라버린 풀 포기

나의 행적을 아셨다면
그대에게 남긴 꽃, 가슴 속에 품었다가
시들어 마를라 하면 흔적 없이 태워다오.

나의 재산은 그리움이 전부다

농부여
나는 한 줌의 그리움을 가진 것만으로
알부자 대열에 우뚝 서 있기로
그대는 왜 천 석의 곡식을 갖고도
알부자 대열에 끼어들지 못하느냐

나의 재산은 삼키면 삼킬수록 불어나기로
농부여
그대 재산은 삼킬수록 어떠신가

그대의 벼 포기들이 물 속에 잠겨
폐렴을 앓고 있는 이 대책 없는 장마철
물바다가 된 내 그리움은 춤을 추고 있음에

농부여 그래도 그대가 부자라고 우길 텐가
허사비 없는 가을 논이 눈앞에 뻔한데
그래도 나를 보면 청승맞다 말하겠는가.

그 사람

서녘 하늘에 불길 번지면 가슴 타도록
보고파지는 사람
갈대꽃 지는 이 계절이면 울고 싶도록
그리워지는 사람

나 아닌, 저만의 행복을 위해
잊어달라 보낸 편지
쉼표 대신 점점이 눈물 찍힌 그 편지가
행방마저 싹둑 자른 칼이 될 줄 몰랐네

지는 것들을 바라볼 때마다
피어오르는 그리움
저 하늘에 그녀를 위한 스크린이 있다면
밤마다 내 사연 비춰주고 싶다만

노을 빛보다 진한 그리움
단풍 색보다 진한 그리움
강물 위에 풀어볼까, 온 산에 풀어볼까
아니지, 아니지. 그 일도 허사겠네.

무명의 계절

가을은 녹색 누드를 찾아 길을 떠나고
처져 있는 벤치
홀로 우는 외등
뒤척이는 낙엽
달빛에 드러난 그리움의 전시물들만
야시장을 이룬 공원

이 밤 이별뿐인 바다도 멍든 가슴에
달 그림자를 파스처럼 붙이고
끙끙대고 있겠다.
그녀도 나처럼 별들을 끌어 모아
탑을 쌓고 싶겠다.
애만 태우고 있겠다.

천안역

헤어질 사람도 만날 사람도 없는 걸까
오전 아홉시 부산발 서울행 새마을 열차는
천안역에 서질 않는다
커피 향이 평면으로 퍼지는 열차의 통유리
두고두고 동경할지 모르는 저 은막의
도시 속으로 잠수할 수 있다면
허약한 사유를 살 찌워줄 수많은 플랑크톤을
포획할 수 있을지 모른다

빨대 같은 터널 속으로 나를 밀어 넣었다가
쑤욱 뽑아내는 열차의 속내
그런다고 이 지독한 고질병이 지워질 리 없지
역장에게 물어보면
타임머신으로 가는 사잇길을 가르쳐 줄 텐데
무슨 열차를 타야만 천안역에 내려
따끈따끈하게 구워낸 호두과자를 사들고
애타게 기다릴지 모르는 그녀를 향해 달음박질치나.

허 : 실

푸른 옷소매를 펄럭이며
무수히 손을 내미는 저 바다를 보아라
애달픈 사연 달래 주마고
언 가슴 데워 주마고 하얗게 손짓하는
저 자애로운 율동을 보아라

은신처가 불투명한 신神을 따르기 위해
파격적인 포용의 바다를 따돌릴 셈이냐

현실과 실체를 소모하는 신의 하녀여
허공만 바라보다 허공에서 증발할
가련한 여인이여
신보다 고매한 저기 저 바다를 보아라
거기 나를 보아라.

지워진 길

사랑하는 사람아
그대 왜 못 오시나 했더니
이제야 알 것 같네
하늘빛도 그렇고
땅거죽도 예전의 땅거죽이 아니니
그댄들 어쩌겠나
강에도 옛것이 없고
들에도 옛것이 없어
이 어리둥절한 시공을 뚫고
무슨 수로 오시겠나
예전 같으면 이역만리 밖에서도
감돌고 남을 그대 체취
저기를 보렴
하늘을 보렴
생솔 태운 연기가 무등을 타던
저기 저
땟국 낀 하늘을 유심히 바라보렴.

이유 · 1

그대를 잊자 해도 잊을 수 없는 건
그대와 전혀 다른 여자들 때문이다
제멋에 도취된 여자들 때문이다
눈썹을 밀어내고
성형을 하고
영점삼 밀리, 시루떡 화장을 한
광대 같은 여자들 때문이다

그대만 생각하면 허기가 지는 건
뚝배기와는 거리가 먼
크리스탈 같은 여자들 때문이다
이중 수첩에
이중 휴대폰에
이성을 벗어 내린 여자
주행거리를 조작하는 그 여자들 때문이다.

이유 · 2

나에게 총을 겨누지 마세요
칼자루를 만지지 마세요
내가 꼭꼭 밥을 챙겨 먹는 것도
예방주사를 맞는 것도 이유가 있어요

혼자만이 등산을 하고
혼자만이 여행을 떠나고
혼자만이 살아가는 이유가 따로 있어요
내 안에 누군가를 숨겨 뒀어요

영화를 보는 일도
꽃을 가꾸는 일도
나만을 위한 노력은 아무것도 없어요

꾸짖을 일이 있다면 그것만은
내 이름 자 밑에 밑줄을 치고
꾸짖어 주세요
그녀가 듣지 못하게, 아주 나직이.

빼앗긴 사랑

가을이 오면 날 뜨겁게 사랑해 주겠다던 나뭇잎이
태풍에 온 몸 찢겨 소리 없이 나뒹굴고 있는 거리
그의 성숙을 지켜보고 있던 보도블록마저 비늘처럼
들춰져 있어 사랑을 동냥하며 살아가는 나로서는
다시 맞은 이별로 눈물샘 하나 더 파는 일 외에
이 가을, 쪽박 가득 채워가며 웃어댈 일 하나 없다

피난민처럼 거리를 배회하다 발길 멈춘 사십 계단
"사십 계단 층층대에 앉아 우는 나그네…"
눈물이 동이 난 노래비 앞에 앉았노라니
예년보다 일찍 두 눈에 눈물 고인다

눈물샘 위에 맴도는 나뭇잎 하나
우체국 사서함에서 꺼내온 여류시인 S씨의 시정詩情이
샘을 퍼낸다.
퍼낸 자리 누구의 영혼인지
푸드득 혼불 하나 날아 오른다.

지금도 늦지 않겠네

작은 개울 섬돌 건너 오막살이 토담집
낡은 마루 밑에는
겨울만큼 남은 마른 장작과 개밥 그릇
마루 위엔 청자 빛 요강 하나
단위조합 달력만 눈에 띄지 않는다면
영락없는 조선 중기

화롯불에 익어 가는 군고구마 냄새에
새들도 홀려 고요한 두메 저녁
나를 후회하게 하는 건 부끄럽게 하는 건
댓살 방문에 얼비치는 다정한 두 그림자
온돌방에 마주앉아 콩 고르는 노부부의
시루 속 콩나물 같은 노란 저 행복

사랑하는 사람아 여길 와 보렴
그리운 사람아 지금도 우리 늦지 않겠네
토담 옆, 박 넝쿨 자리
장독대 아래, 봉선화 피던 자리
지난 일 순식간에 이만하면 접겠네
이리로 와 보렴 저 행복 좀 보려무나.

목소리

얼마나 사랑하는지 그대가 내게
사랑한다 말하지 않아도 난 다 알아
지상에서는 나 머문 곳 몰라
하늘 높이 날아 올라 나를 찾아 보내는
그대 목소리만 봐도

그대에게 말하지 않아도 난 다 알아
바람보다 약하면서 바람을 뚫고
가시나무보다 약하면서 가시나무 숲을 통과
내게로 보내는 그대 대담함을
그 여린 목소리를

때로는 잠든 내 곁에 살포시 왔다가 할 말 다 잃고
찢기고 넘어지며 되돌아갔을 그대 목소리
생각하면 찢긴 만큼 내 가슴에 핏물 고여
넘어진 만큼 내 관절에 피멍이 들어

그 봐, 내가 뭐랬어. 두고두고 후회한다 그랬지
서산에 해 지는 건 이별이 아니지만
내 곁에 그대 떠남은 이별이라 했었지
서녘 하늘을 봐. 내 가슴 터진 것 좀 봐.

가슴앓이 사랑 3부

첫사랑

시루 속에 키운 물망초

내 사랑은 사파이어

사랑하는 사람아
불어오는 바람을 모조리 걸러봐도
한 톨도 건져지지 않는
그대 목소리
노역의 나날은 고달프고 쓸쓸하다
애정이 머물다 간 거대한 허방에
상흔만이 패각처럼 빽빽이 널려
이것이 마주할 수 없는 우리들의
사막이라면
방황하는 그대여
달 없는 밤, 내 쪽을 향하여
불화살을 당겨라
내가 낙타 되어 사막을 횡단한다면
그대를 태워 추억의 옛 거리로
돌아올 수 있으리다
아무에게나 줄 수 없는 보석 같은
나의 사랑
그대는 내 사파이어의 영원한 주인.

개화開花

간밤 꿈이 몹시도 분주하더니
개벽의 아침이어라
님아!
납골당에 있든 어디에 살든
열 일 제쳐두고
이리로 어서 좀 와보렴
만개한 난蘭이 향기를 피워
나의 애간장을 다 태우나니

깡마른 나의 체구처럼
그도 다를 바 없어
누가 먼저 이승을 떠나나 했던
기다림 속에서
그가 해내고 말았구나
님아!
내 곁에 머물지 않아도 좋으니
개벽 한 번 보고 가렴.

>>>>> 첫사랑, 시루 속에 키운 물망초 •

가슴앓이

그립다 말하지만
저 옹달샘만큼 그리우랴
제 자궁에서 빠져 나가
아래로, 아래로
돌아올 수 없는 살붙이들

가슴 아프다 말하지만
옹달샘만큼 가슴 아프랴
돌부리 붙들고
위안을 삼으려 하지만
돌부리마저 닳고 닳아져

그렇다 해도
내 그리움에 비하랴
길은 땅에도 나뭇잎에도
쭉쭉 뻗어 있건만
방향을 몰라 못 떠나니

옹달샘이 떠나 보낸 물
내 눈물보다 많겠지만
바다가 차 오르면 혹시

모를 일
나는 어쩌나 어디로 가나.

>>>>> 첫사랑, 시루 속에 키운 물망초 •

비와 나

비는 눈물을 흘릴 때
울음소리를 내는 것이 아니라
타고 내린 눈물이 어디엔가 안길 무렵에
울음소리를 낸다

얼마나 외롭고 서러웠으면 나뒹구는
룸살롱 전단지의 반쯤 찢겨 나간 그 가슴에
안기면서까지 울어대는 걸까
어둠이 짙을수록 목청을 돋구는 걸까

울다가 눈물 그쳐도 엉킨 구름 그대로
남아 있는 나의 가슴에 비해
그가 울고 있던 대지와 그가 떠난 하늘은
씻은 듯 말끔하다

사랑하다 헤어지는 일이
헤어져 혼자 남는 일이 나만이 아님에
모두로부터 떠맡은 중임은 더욱 아님에
오늘같이 밤바람 부산하게 부는 날

부산한 만큼 쏟아질 듯한 내 눈물

사랑의 불꽃은 눈물의 불씨를 증표처럼
남기나 본데 남들은 왜!
나만은 왜!

내게서 나의 것이 아닌 것

나에게 아름다움이 있다면
그건 내 것이 아닙니다
내가 즐거워하거나 기뻐하는
일이 있다면
그건 내 것이 아닙니다
향기로운 느낌
자애로운 느낌 같은 것이
내게서 느껴진다 해도
나와는 아무 상관없는
일입니다
내 안에는 내가 숨겨 논
여인 하나 살고 있지요
내게 있어서 나의 것이란
이 모든 것과 반대되는
그런 것들뿐이니까요.

사랑 건네기

당신의 무딘 감각 속을
어떻게 파들어 가느냐에 있어서
골몰하지 않는 이유는

나무는 흙에서 자라고
이끼는 바위에서 자라며
사랑은 가슴에서 자라니까

설사 당신이 바위라 해도
틈새만 있다면
뿌리내릴 수 있다는 확신

단념 쪽에 눈 돌리지 않는
나의 직시 앞에 당신은
이제 그만 앞가슴을 풀어요

마침표가 찍히면
흑점 속에 갇혀 버릴 우리들의 운명
어서 빨리 앞가슴을 풀어요.

사랑이 지다

무성한 수풀 우수수 지고 나면
삭막한 지표에
그리움 나뒹굴어

눈물 고이면 안 되겠지
가슴 밑바닥 실금 하나 그어놓고
하늘만 쳐다볼까

잊자 하면 더욱더 잊혀지지 않기로
별 한 번 깜박
나 한 번 깜박

돌아와서 그리움
말끔히 지워줄 때까지는
그렇게 그렇게 별이나 사랑할까.

바람으로 왔는가

잔잔하던 숲 속에
잎새들의 소란스런 속삭임

그녀는 어느 새
어디로부터 바람으로 왔는가

수풀 위에 누운 그녀
잊혀진 살내음 무더기로 풍겨

곁에 누워 행복에 잠길 무렵
경련을 일으키는 숲

몰래 떠나는 옛 버릇
오늘도 남겨 놓은 이파리엔
사연 하나 적혀 있지 않다.

멈춰 선 사랑

내 곁에만 빌붙어 사는 게으른 사랑아
너 아닌 나로서는
사막을 완주한다 해도 만날 수 없는
꿈에도 그리는 여인이 있기로
이처럼 화창한 날 툭툭 털고 일어나
길을 나서라
그를 찾아 그에게 너의 유전자를 퍼뜨려
그녀와 내가 활활 불붙게 하여라
나는 그녀와 나란히 얼어붙은 대지 위에
뜨겁게 타오르는 동백꽃이고 싶네
꽃의 이름으로
이 창백한 계절을 발갛게 물들이고 싶네.

사랑의 미아

세상은 윤회의 가장자리에 설치한
놀이턴가 봐
그대와 나
서로가 술래 되어 지치도록 헤매다가
끝내는 엉엉 울면서
제각기 미아가 되어 돌아갈
설계부터가 잘못된 놀이턴가 봐.

잔인한 일몰

잔잔한 그리움에 불질러 놓고
산등너머로 사라지는 야속한 석양
화염에 휩싸여 아우성치는 나를 보며
집집은 모두 문을 걸어 잠근다

이대로 타 죽게 할 셈인지
바람은 뒤에서 앞으로 불고
별들은 위에서 아래로 주걱처럼 뻗쳐
불 속을 휘젓는다

달빛을 걷어내면 까맣게 쌓여 있는 재
이것을 어둠이라고 우기는 사람들이
나를 더욱 신음하게 한다.

숨어 우는 여인

멀리서 누군가가 손짓하는 모습에
다가가면 아무도 없는
수목뿐이다

멀리서 누군가가 불러대는 소리에
다가가면 아무도 없는
파도뿐이다

잠 못 드는 깊은 밤 창문 두들겨
반가움에 얼른 뛰쳐 나가면
캄캄한 하늘에서 눈물만 주룩주룩

숨어서 우는 여인
바람만 보는 여인아
주인 잃은 무대가 우리를 기다린다.

장마 든 그리움

쾌청한 가슴에 먹장구름을 쏟아 부은 그대
불어나는 비의 바다가 나를 지치게 한다
나를 발광하게 한다
죽음의 계곡에까지 이어진 장마
그 미세한 소금끼에 의해
수없이 바래져 버린 무늬 잃은 손수건들
그대는 비를 거슬러 먹장구름 위에 있고
먹장구름과 나 사이의 거리는
한 목숨의 치수나 되어
남은 목숨을 다한다 해도 가 닿을 수 없는
머언 이역
그대 이 밤에라도 정염을 치세운다면
나는 그 햇살에 들어
흠뻑 젖은 지난날을 밑바닥까지 말려가며
끝없는 장마에서 해방될 수 있으리다.

내 가슴은 공동묘지

묻어야 할 사람 너무 많아 무덤 위에 무덤 짓고
무덤 아래 무덤 지어 공동묘지로 변한 가슴
외인들이여
이제는 잡초뿌리 한 가닥도 파고들 틈새 없이
포화상태에 이르렀나니
더 이상 접근하지 말고 돌아들 가시지요
밑바닥 한 가운데로 눈물의 강이 줄기차게
흐르고 있나니
이처럼 수맥까지 뻗혀 있는 줄 알았다면
주저하지 마시고 돌아들 가시라고요
무덤으로 만선을 이룬 이 가슴이야말로
돌아갈 포구 없는 국적 없는 어선이외다.

경부선의 밤

수시로 깨어나 수시로 울어대는
경부선의 밤
간담을 툭툭 치는 울음이다가
베고 누운 철로를 물어뜯다가
지쳐 쓰러져 잠들었는가 했더니
보이지 않는 밤

먼동이 손을 뻗쳐
선로 틈에 끼어 있는 잔영들을
지우려는
순간
누가 보낸 열차냐
밤은 벌써 떠나고 없는데.

빗나간 일기예보

그대를 마주할 수 있었던 그때도
일기예보는 언제나 엉터리였다
집중호우가 내린다 하여 대륙이 다 잠겼는지 몰라도
나에게는 꽃비가 오색으로 내렸으니까
강풍을 동반한 태풍이 남해안을 강타한다 하여
남해안이 남극으로 떠밀려 갔는지는 몰라도
나에게는 나긋나긋한 미풍이고 말았으니까

일기예보가 엉터리로 들리는 건 예나 지금이나
아침저녁으로 선선해진다 하여 실제로 가을전어가
연안바다에 몰려들었는지 몰라도
나에게는 불쾌지수가 깃발까지 내달았으므로
기상청의 발표는 오보 투성이
그대만이 나에게 유일한 기상청, 유일한 고정 채널.

모두를 사랑하기 위해

나 죽어
죽음으로 살면서
가까이에 두고 혼자만을 사랑하는
지금의 방법과 같은 어리석은 사랑은
하지 않으리

나 죽어
저 해와 달과 별같이 멀리 떨어져
아주 멀리 떨어져
모두를 사랑하기 위한 법을 익히며
다시는 이 곳으로 돌아오지 않으리

진실을 바치고도 진실을 캐내지 못해
조가비처럼 바람소리만 내고 있는
안타까운 사람들아
가슴을 울리게 하는 미련을 버리고
고개를 들어 낯선 별을 찾아라

감미로운 나의 빛이
굶주린 사랑들을 살찌우게 하리니
얼룩진 상흔 위에 꽃물 입혀 주리니.

훗날, 훗날에 낯선 별이 보이면
지금의 내 언약을 낱낱이 기억하라.

야간작업

사랑하는 사람의 흔적을 지우고 간 폭설은
누구의 하수인인가
흔적을 지운 눈 위에 반항적으로 새겨 놓은
사랑하는 사람의 이름마저 지우는 저 무례한
바람은 또 어디서 온 훼방꾼인가

파도에 쓸려 가고 비에 씻겨 동이 난 흔적들
가슴에 감춰둔 하나뿐인 흔적 또한
언제 어떻게 누가 와서 지워 버릴지 몰라
나는 지금 밤을 지새며
별 하나 배를 갈라 그 속으로 옮기는 중이다.

그대 곁에 머물러 있을 때 4부

첫사랑

시루 속에 키운 물망초

연서 戀書

그대가 곁에 있을 땐 내가 그대를
감싸고 있었지만
그대가 곁에 없는 지금은 그대가 대신
나를 감싸고 있다

그대가 곁에 있을 땐 말문은 열려 있고
생각이 닫혀져 있던 내가
그대가 곁에 없는 후로는 생각이 열려 있고
말문은 닫혀져 있다

이것이 내가 태어난 가장 뚜렷한 목적이라면
그대를 그리는 마음 저버리지 않고
두고두고 슬픔도 행복이라 하겠네
외로움도 그대가 보낸 선물이라 하겠네.

그리움에 대한 저항

시를 짓는 일은 맨살을 긁어 부스럼을 만드는 일
이쯤에서
그대여
나를 편히 쉴 수 있도록 그냥 놔두어요
가슴 터져 피가 타 내리면 바다까지 망쳐요
오만 가지 꽃들과 오만 가지 새들과
바다와 산
또한 밤거리와 밤하늘에다 그대 분신을
옮겨 놓는다는 게 예삿일이 아니어요
몽유병에 걸렸다고 별들이 쑥덕거려요
나무들도 나만 보면 손가락질을 하고
그림자도 해만 지면 나를 피해 달아나요
너무 오랜 놀림은 크나큰 죄악
이대로는 숨이 차 내일을 기약할 수 없어요
이제 제발 돌아와 나의 시들을 버려 주세요
이건 내 인생에 있어서 가장 가혹한 고문
시가 정말 싫어요
분신을 옮기는 일이 자해만큼이나 끔찍해요.

빼앗긴 들국화

누가 나의 국화꽃을 송두리째
뽑아 가셨나요
창을 밀고 들어선 가을 햇살이
파헤쳐진 가슴을 파고들면
그리움만 뿌옇게 피어 올라요
밤마다 그곳에 눈물 가득 고여
별들이 내려와 짜디짠 물맛에
토악질을 하고 되돌아들 가지요
패인 곳을 메우려면
메우려 하는 만큼 깊어져만 가요
귀뚜라미 소리만 들려도
패인 곳이 출렁출렁
낙엽 뒹구는 소리에도 출렁출렁
여보세요, 누구인지
몰래 훔쳐 간 꽃일랑 돌려주세요
향기 듬뿍 피워 답례로 보내리다.

당부

레일 없는 산과 들을 통과
단풍들이 열차가 되어
남으로, 남으로 내달린다

하늘엔 석탄 연기 두둥실
쓸쓸한 간이역을 지나
남진南進을 질주하는 남행 열차

땅 끝까지 가면 열차는 또
분해되어 수평선을 향해
파도타기를 할 것이다

한겨울을 바다에서 지내고
봄이 오면 그들은 다시
열차가 되어 북진北進하겠지

나뭇잎들이여!
가다 오다 내 님을 보거들랑
무조건 태워 내게 연락하렴.

119, 님 찾기

그토록 찾던 님
돌 속에 들앉았다

내 죽어 원하던
돌, 돌 속에!

그 먼저 들어가
매화꽃이 되었다

119여, 매화꽃을
구출해 주시오

불가능하면 그 속
나를 넣어 주시오.

돌의 체온을 보니
우린 살 수 있어요.

고립

세월이 가면 나도 가야 되는 걸
난 남아 무얼 하려고
세월을 비껴 이렇게 남았는가
새들도 찾지 않는
허름한 둥지의 지킴이가 되어
봄이 찾아와도
어깨가 펴지지 않는 줄 알면서
나는 왜 이렇게 남아 있는가

그리움
불타는 그리움
사랑하는 사람아!
세월을 몰아낸 내 마음을 아는가
짧은 만남이 고무줄처럼 늘어져
세월보다 질긴 그리움이 된 걸

사랑하는 사람이여!
지금도 나를 잊지 못하고 있겠지
잊어 준다면
내 마음 속이 훤할 걸
이렇게까지 숨막히지 않을 걸
세월이 말끔하게 씻어 주는데도.

>>>>> 첫사랑, 시루 속에 키운 물망초 •

집시

산, 산, 산, 어디라도 넘어가 볼까
바다, 바다를 건너볼까
하염없이 강줄기를 따라 나설까
거기, 그대 이름이 적힌 팻말이 있는지.
모든 기억이 희미해졌다 해도
그녀가 남긴 흔적이라면 알아볼 수 있겠지.
사흘 동안 빵 한 조각 구경하지 못한다 해도
단 한 끼라도 그녀를 못 보면
온 몸이 조여들고, 피가 마르는 듯한 감정
나는 그대를 찾기 위해
닳아빠진 헌 신짝 밑에 가죽을 바꿔 댄다
그대를 찾아가다 쓰러질 때면
잠시의 내 사유 속에 얼굴 내미는 그대
그 미소와 반짝이는 눈빛을 못 잊어
빵을 두고, 미라처럼 말라가며 오늘도 난
그대 찾는 일에 빈혈을 일으킨다.

내게 대한 관심

그대가 내게 관심을 가져 준다면
봄이면 꽃이 되어 보답하리라

그대가 내게 관심을 가져 준다면
여름엔 시원한 그늘이 되고

그대가 내게 관심을 가져 준다면
가을이면 알찬 열매가 되겠으며

그대가 내게 관심을 가져 준다면
한겨울, 우리 둘 행복하리라.

사랑의 증발

여인아
우리들이 못 다한 사랑 얘기
강물에 떠밀려 이름 모를 섬에 닿아
지금쯤 이끼로 자라고 있겠지

여인아
우리들이 못 다한 속 깊은 사랑 얘기
멀리 멀리 홀씨로 날아가 지금쯤
어느 바닷가 백일홍으로 피어 있겠지

아침 노을에 웃다가 저녁 노을에 울면서
밤이면 절간 추녀 끝에 매달린
풍경을 흔들다가, 우리들의 사랑
바람과 함께 지쳐 잠이 들곤 하겠지

한 발짝씩만 다가오렴 여인아!
나 또한 한 발짝씩 다가가리니
데우다 만 사랑이 이끼가 되다니
백일홍 꽃잎 되어 바다에 뿌려지다니.

못 다 부른 노래

이승에 벗어둔 나의 소라껍질 속에 들앉은
이방인이여
그대 시인이 되어
살았을 적, 내가 못 다 이룬 노래를 지어
저 넓은 바다 위 잔잔하게 띄워 주렴
슬픈 노래라면 눈물은 바닷물로도 풍족하니
이젠 울지 않으리
나, 저승 바닷가 소나무 위
학이 되어 지켜보리니
못 다 이룬 내 노래 지어 매일같이 띄워 주렴
갈매기들 모여, 모여 노래 불러 주리라
지치도록 애타던 이승의 그리움
사랑하던 여인이 그 낯선 노래를 듣고
바닷가를 저 혼자 거닐며 나를 생각하리다
성명도 모르는 이방인이여
에메랄드빛 바다와
티 없는 저 하늘 사이 가득 노래를 채워다오.

익숙하지 못한 나

홀로 남아 침묵하는 잎새 떨군 나목처럼
고독에 익숙할 수 있다면
기다림에 익숙할 수 있다면
나 이렇게 촛불 앞에서 흐느끼지 않으리

선창 없는 바닷가에 팽개쳐진 폐선처럼
상처에 익숙할 수 있다면
그리움에 익숙할 수 있다면
나 이렇게 자정 넘도록 잠 못 들지 않으리

여름날은 밤바람이 뜨겁게 달아올라
그대 어디엔가 살아있다고 믿었는데
체감 없는 찬 바람이 차갑게 부는 이 겨울
머나먼 세상으로 그대 떠났다 생각하니
눈가에 맺힌 눈물 그대로 얼어붙네.

외눈박이 하늘

그런 줄 알면서 하늘만 믿었네
강물에 바다에 양다리를 걸쳐
멍청하게 서 있는
외눈박이 저 하늘에게 속았네

결막염에 걸린
제 짝도 못 알아보는 하늘에게
내 님을 찾아달라 했으니
내가 오히려 멍청했었네

무지개를 딛고 올라서면
내가 그의 한 쪽 눈이 되어
님을 찾아낼 것 같은데
하늘에는 아무것도 믿을 게 없네

진작에 지구를 거꾸로 뒤집어
석류 알을 꺼내듯 툭툭 쳤다면
님을 만날 수 있었을 걸
하늘만 믿다가 이제는 늦었네.

망가진 일기

그녀에게 기별할 방법은 날이 갈수록 막막해
떨어져 내린 낙엽처럼 혼자 마냥 뒹굴다가
강물에 떠내려 간들 하늘 말고 누가 알꼬
발길에 밟혀 바스락하고 사라진들
땅이 아니고는 누가 나의 행방을 알꼬

지천에 깔린 취나물을 배낭 가득 캐간다 해도
집으로 돌아가면 조리해 줄 사람이 없다는 사실과
영지버섯을 발견하고도
이걸 먹어 무엇 하나 하는 좌절감에
봄 날씨가 지겹도록 따뜻한데 옆구리는 싸늘해

곪아빠진 이 마음을 알기라도 하는 걸까
주방에 들어서면 꽉 잠근 수도꼭지가 설움을 뚝뚝
냄비에 끓는 잡탕찌개는 간을 맞추지 않아도
짜기만 해
내 눈시울이 또 소금가마니 터지듯 터졌나 보다

제발 깨어졌으면 하는 금간 내 가슴을 두고
멀쩡한 국 사발만 또 하나 와장창
울룩불룩 배낭을 가득 채워

산을 오르던 커플들의 대행렬
잊을라 하면 부러워지고 부러워지면 서러운 삶.

눈물바다

사랑하는 사람아
불어나는 바다를 빤히 보고도
내 눈물의 수문을
이대로 열어둘 셈이냐
눈물을 확보하기 위해
밤마다 고독을 쌓아 올리는
고된 노동을
나에게만 맡겨둘 셈이냐
에메랄드 물빛이 고와서
나를 울린다면
죄악이리
그것은 사랑을 미끼로 한
영락없는 술책이리
그대에게 있어서 사랑보다
물빛이 더 소중하다면
바닷물을 끌어올려
내 가슴 가득 채워 보겠네
뗏목을 만들어 달라면
뗏목을 만들고
노를 저어 달라면 나 기꺼이
노를 저어 주리다

사랑하는 사람아
고운 물빛이 바다에만 있느냐
내 가슴에도 미리 준비한
에메랄드빛 바다가 있다네.

시루 속에 갇힌 사랑

불을 댕겨라 님아
시루는 완벽하다 불을 댕겨라
그리움과 고독에 맞물려
팥고물처럼 갇힌 나의 운명
김이 푹푹 새어나올 때까지
님아 어서 불을 댕겨라
이룰 수 없는 사랑이라면
석별의 만찬용으로 그대 위한
삼단 시루떡이 되리니
그대 입맛이 가시기 전
불을 댕겨라
나 그대 혓바닥에라도
끌려든다면 그나마 행복이리
그대 목구멍에서 뛰어 내리면
행복은 영원하리.

연정

나 홀로 꽃을 피우기 위해
그대를 보내고 말았나 보다
얼마나 오랜 세월이었으면
잎은 파묻혀 보이지 않고
꽃만이 무성할까

동백꽃은 밖으로 피고
나의 꽃은 속으로만 피어
내 가슴에 꽃이 피어 있는 줄
열어 보지 않고는
아무도 모르리

동백꽃이 언제 지고 없는데
얼마나 버티려고
나의 꽃만 다홍색으로 남아
향기 대신 뜨거운 꽃물
눈가에 연신 뿜어 올리나.

향기 잃은 차

그대를 만나면 얼어붙은 우리 두 가슴
따뜻한 차 향으로 녹여 내고파
몇 해째 간직해 온 보이차 한 조각.
그대와 차를 따르며
백지로 남긴 세월 빈틈없이 채워 보려고
아끼고 아껴둔 쟈스민차, 한 봉지

작설차 향이 왜 이렇게 변했나 했더니
그렇게 그렇게 아껴둔 까닭
느닷없이 그대를 만나면
돈과의 거리가 먼 내가
당장에 안절부절할 것 같아
군침 삼키며 몇 년을 아껴둔 까닭

흔해빠진 커피로만
적막의 시간들을 메워 보려 했었지만
홀로 드는 찻잔은 언제나 쓸쓸해
그게 싫어 제쳐둔 커피는 가슴에 박힌
응어리를 증명이라도 해줄 듯
병 속 고스란히 까맣게 눌러 붙어

조금만 더 두었다가는 맹물 맛보다
못할 귀중한 차종들
버리기는 아깝지 않지만
기다림의 시간들로부터 받아야 할
가혹한 형법이 두렵기로, 그대여!
해묵은 응어리를 풀어줄 나의 님이여.

독백

그대가 꽃이라서 하도 아름다워서
꽃이면 다 꽃인 줄 알고
그대 잃은 공백에
낯선 꽃에게 멋모르고 접근했다가
나 그만 가슴 찔렸네
낑낑대며 낯선 향기를 들이키다가
하마터면 질식할 뻔했었네

그것으로 끝을 냈어야 했는데
난 또 다른 꽃으로 옮겨가 그때는
정말 혼줄까지 끊어질 뻔했었네
향기롭고 아름다운 것은 아무데나
있는 것이 아니라고
지쳐 쓰러진 후에야 겨우 알았네.

안개 속에 숨겨둔 사랑 5부

첫사랑

얼굴

그대는 늘 공중에 떠 있다
하늘을 만져 보면
하늘이 만져지지 않듯
만져지지 않는 그대가 늘
공중에 떠 있다

땅을 만지면 손에 묻는 흙먼지
땅으로 내려서면
온 몸 흙투성이 될까 봐
그대는 늘 공중에 떠 있다

안개를 타고 떠다니기도 하고
구름을 타고 떠다니기도 하는
하늘에 있다 하고 하늘을 보면
별처럼 선명한 그대가 있다

강에도 비춰지지 않고
바다에도 비춰지지 않고
오로지 내 마음에만 비춰지는
그대는 늘 나만을 바라보며
나만 사랑하고 있는 것이다.

소망

뿌리에 꿈이 고인 나무가 아니라서
내게는 증발되고 없는 것이라서
겨울은 언제나 혹독한 공허

봄이 오면 가지 끝에 순들이 봉긋하듯
봄이 오면 내 바라보는 길 끝에
그대 모습 빤히 드러나면 좋겠다

봄이 오면 얼어붙은 대지가 꾸물거리듯
그대 봄처럼만 온다면 굳어 버린 이 가슴
순식간에 녹아내려 좋겠다

봄이 가고 가을이 간다 해도
이별 없는 씨방처럼
우리 둘 영원할 수 있어 참 좋겠다.

불가능한 추월

그녀는 기어서 가도 내게 뒤처지지 않고
나는 날아서 가도 그녀를 앞지르지 못한다
물새들이 갑자기 날아 오르는 걸 보고
이때다 싶어 숨 가쁘게 달려가면
낯선 발자국만 띄엄띄엄 널려 있는 백사장

들길에도 숲길에도 그대로 서 있는 풀잎
무엇 때문에 흔적 하나 남겨두지 않는 걸까
사랑보다 유랑하는 쪽에 더 익숙하다는 걸
짐작이라도 했더라면
나 일찍 유랑하는 요령부터 익혀두는 건데

그물을 펼쳐 놓은 듯한 많고 많은 세상 길
올을 따라 걷다 보면 행여 그물에 걸려
쓰러져 있을지도 모를 그녀
가둬 놓았던 시간 송두리째 낭비된 지금에
어딜 가야 쓰러진 그녀를 발견할 수 있을까
어느 곳에 퍼질고 앉았으면 그녀를 만날까.

이유

싸늘하거나
차가워도 안 되는 줄 알았지만
사랑은 너무 뜨거워도 안 되나 보다

꽃망울을 박차고 나와
앞다투어 봄에게 몸을 맡기는 꽃들을 보면
사랑은 그저 훈훈하면 되나 보다

그랬구나. 파랗게 물들어 있던 그녀가
낙엽처럼 떨어져 나가기까지는
내가 너무 뜨거웠던 탓이구나.

>>>>> 첫사랑, 시루 속에 키운 물망초

봄날의 혼돈

숨어 있던 물상들이 마구 쏟아져 나오는 계절
지금쯤 어디론가 여행을 떠난다면
행방이 묘연한 그녀를 찾아낼 것 같은데
누구에게 매달려야 기차표를 얻어낸다지

꽃이라도 몇 송이 사서 화병에 꽂아둔다면
그녀가 곁에 있다고 생각되어
잠 못 이루지는 않을 텐데
파장쯤 꽃가게에 가면 버려진 꽃이 있을까

사면의 조짐이 보이지 않는 고독한 블랙홀
수인번호 없는 옥살이
꽃을 파는 여인이여, 철문을 열어다오
역무원이여! 굳게 닫힌 철문을 왈칵 열어다오.

설매화

누구 하나 기다려주지 않는 설원에
성미도 급하여라
맨발로 나선
너는
정염에 못 견디어 불길 삭히려 왔느냐
그리움에 지쳐
순백의 세상으로 투신하려 온 것이냐

길은 사방으로 막혀
지금 너를 반겨줄 사람은 나밖에 없기로
이 모든 사실을 미리 알고 왔다면
해맑은 얼굴, 은은한 살 내음
만남은 짧고 이별은 긴 것까지가
오, 너는 내 첫사랑의 혼백이 아니더냐.

이별의 축제

아무에게도 미련 남기지 않겠다고
이별의 상처, 안고 가지 않겠다고
걸음걸음
가는 길마다 제 손으로 꽃잎 뿌려대는 봄

발 디딜 틈 없이 몰려들어
손에 손에 푸른 손수건을 흔들며
만남 같은 축제로 이별을 치르는 나무
새들의 화음이 폭죽 없는 하늘을 가른다

이렇듯 거룩한 계절
황사처럼 몰아닥치는 그리움의 마녀여
이제는 무릎꿇고 기도하라
더 이상 나를 괴롭히지 않겠다고 맹세하라.

종이학

수취인란에 기재할 주소가 없는 줄 알면서
썼다가 지워 버린 수많은 편지들.
숱한 세월, 그때마다 그걸로
종이학을 접어 무인도로 날려 보냈더라면
섬은 지금쯤 학들로 가득 뒤덮여 있겠다
소문난 섬이라서 그녀도 한 번쯤 다녀갔겠다
학마다 꼬리표를 달아
색색으로 내 이름을 새겨두었더라면
주소를 묻고 물어 진작에 날 찾아왔겠다.

그대 모습

사랑하는 사람아
내가 허공에다 얼마나 그리움을 불어넣었는지
풍선처럼 팽팽해진 저 가을 하늘 좀 보아라

그리운 사람아
내가 얼마나 뜨거운 눈물을 자아내었는지
김처럼 서려 있는 저 하이얀 구름 좀 보아라

잊지 못할 내 여인아
그대 모습 바위에 새겨 두면 이끼에 가릴까 봐
멀리 별자리에 숨겨 놓고 밤마다 챙겨 보노라.

저녁놀

나는 항아리
그대는 포도
그대 잘 익은 알알의 그리움이
나의 항아리 속에서 술이 되어 가노라

그대는 청포도
나는 백자 항아리
세월이 흐를수록 익기도 잘 익어
새어나온 술내음에 서녘 하늘만 취했어라.

애모

당신을 만난다면 만나는 순간
당신의 생각을 향해 방아쇠를 당기겠습니다
생각이 피를 흘리며 달아날지 모르니까
생각의 다리까지 사정없이 망쳐 놓겠습니다
지금껏 수십 년 동안
닦고 조이고 기름치는 일이 나의 일과였어요
당신의 생각을 명중시키기 위해 나는 오늘도
열심히 총을 손질하고 있지요.

기다림

레스토랑에 걸려 있는
파란 액자 속 외딴 산 하나
산허리쯤에 보이는 온몸이 하얀 새
창문을 열었더니 살아 있는 바다였습니다

내 마음 속에 걸려 있는
낡은 액자 속 꽃을 든 여인
꽃을 버리고라도 어서 빨리 내게로
살아 있는 바다처럼 안겨 오면 좋겠습니다.

봄비

꽃잎 훌쩍 떠난 자리, 눈시울 뜨겁도록 붉히며
하늘만 바라보던 벚나무
안으로 삭히지 못한 아픔, 잎으로 게워낸다
내 안의 아픔도 끄집어내면 저리도 푸를까

가을이면 비듬처럼 털어낼 이파리와 달리
사십여 년 동안
나에게는 아무것도 털려 나간 것이 없는 가을
숨이 차다, 내 안의 숲이 고집을 부리나 보다

가장 평등하다고 믿어 왔던 자연이 왜 이다지
비를 내려 나무의 아픔은 고약처럼 빨아내면서
숨이 막힌다, 우지직!
봄비 먹은 내 안의 나뭇가지가 또 휘어지나 봐.

아낌 없는 사랑

당신은 아름답습니다
백합보다 아름답고
양귀비보다 눈부십니다
눈이 너무 부신 탓에
멀리서 바라보아야만 하는 이 안타까움
지금은 비록 가까이 다가설 수 없지만
낙엽이 지듯 우리가 지고
새싹이 돋듯 우리가 다시 태어난다면
그때는 당신과 내가 함께 할 수 있을 겁니다
이 길을 떠나 낙엽처럼 내가 먼저 진다면
나 당신을 위해 부엽토가 되어 주리니
만약에 당신이 먼저 지게 된다면
끝까지 꽃씨로 남아 기다려 주어요
그렇게만 해준다면
오직 나만의 당신에게 지금보다 더 아름답고
더 눈부시도록 내 모든 걸 아낌없이 바치리다.

그녀 나이 언제나 스물 셋

어둠이 내려 세상의 모든 길을 지워 낼 때까지는
나는 내 맘 속 나만의 길을 두고
이역의 거리에서 밤을 기다립니다
새들이 둥지 속으로 사라지고
둥지가 어둠 속으로 사라지고 나면
찾지 않아도 부르지 않아도 그녀는
나만의 길에 먼저 나와 기다리고 있을 테니까요

내 맘 속의 길이란 나만의 타임캡슐
캡슐 속에 머무는 그녀의 나이는 처음도 스물 셋
지금도 스물 셋
나, 죽고 죽어 천 번을 죽어도 그녀는 스물 셋

가로등의 촉수가 점점 낮아지는 이유는
그녀의 눈빛이 샛별처럼 빛나고 있기 때문입니다
꽃들이 저마다 고개 떨군 이유는
그녀의 얼굴 모습이 저들보다 아름답기 때문입니다
그녀의 아름다움에 대하여 이 정도밖에는
말해 줄 수 없어요
인파들이 몰려들어 연약한 길이 무너지게 된다면
우린 둘 다 추락하여 끝장나고 말 테니까요

어둠과의 전쟁을 위해 멀리 성곽 같은 수평선에서
뻐얼건 포탄 하나 서서히 솟구치고 있습니다
우리는 또 전쟁 고아처럼 헤어질 시간
승리의 여신이여!
그녀와 나를 위해 어둠 쪽에 깃발을 매달아다오.

이별이 남긴 그늘

너와 나의 만남이 아주 작은
풀씨였다면
너와 나 헤어짐이란
세상에서 제일 큰 나무라고 말해 줄까

보름달이 차 오를 때마다
가지 하나씩 쑥 쑥 뻗고
별 밭이 드러날 때마다 여린 이파리
앞다투어 매달리는

탄가루보다 짙은 어둠들이
밤마다 밤마다 폭풍처럼 몰아쳐도
헤어짐의 나무 그늘, 거기 그 자리서
비만으로 퍼져 간다 말해 줄까.

질투

그대는 전생에 아름다운 젊은 왕비
나는 성밖을 떠도는 천민한 방물장수
이웃 나라에서 전쟁을 일으켜
궁궐에도 궁궐 밖에도
죽어 가는 백성들 꽃잎처럼 뒹굴어
궁궐 밖으로 도망쳐 나오던 그대
길바닥에서 죽어 가는 내게 넘어져
그 길로 우리는 똑같은 신분으로
그리도 머지 않은 저승으로 갔었네

저승이란 단순한 꿈의 여백
우리는 각각 나비가 되어 안개꽃을
따먹으며 꿈 속에서처럼 살다가
누가 먼저랄 것도 없이, 이승에
다시 사람으로 태어났었네
전생의 인연으로 다시 만난 우리는
사랑을 했었고
사랑이 무르익기 전, 안타깝게
전생의 임금께서 우리를 갈라놓았네.

사랑의 진통

아름다운 꽃이 탄생하기까지는
밤의 진통을 헤아려보지 않고서는 모른다
꽃이 질 때까지 제 모습을 유지하기까지는
밤의 지극한 사랑을 모르고서는 안 된다
밤은 누구의 눈에도 띄지 않게
진실한 사랑을 풀어 놓는다
밤은 그렇게 그들 곁을 지키다가 떠남으로
떠날 때는 모든 꽃잎들이 눈물을 글썽인다
투명하고 영롱한 그들의 눈물 방울을 보면
밤의 자상함을 읽을 수 있다
도둑같이 보이기만 하던 시꺼먼 밤
뜨겁고 짠 우리들의 눈물에는 영혼이 없다.

그녀도 가고 사랑도 가고 6부

첫사랑

시루 속에 키운 물망초

부적으로 변한 편지

단념하라는 편지를 쓰기 전
그때 내게 국어사전만 있었더라면

우체통에 편지를 넣으려 가는 길에
낙엽 하나라도 떨어져 주었더라면

그녀의 행복을 위한 마지막 편지가
불행을 부르는 부적이 될 줄이야

그녀는 울며 새가 되어 날아다니다
눈물에 가려 바위에 부딪친 걸까

이승과 저승 사이에 있는 줄 알면서
해가 짧다, 낡아빠진 야속한 관절

갈대꽃과 나의 머리카락들이 뒤섞여
하얗게 날려 가는 허무의 끝자락

닮은 이름이 너무 많아 신문과 방송
문패와 묘지명에까지

백사장에 흘린 비듬을 찾겠다는 심사
소멸하라, 내 모든 기억들이여

시시때때 떠올라 가슴 죄는 그리움
우체통의 색깔을 핏물로 보았더라면

세월이 갈수록 늘어나는 길의 비밀은
나에게 내려지는 그리움에 대한 중형

이제 그만 공원묘지로 가서 같은 이름 중
하나를 골라, 무조건 내가 왔다 말해 볼까.

지금 그대는

아름답던 소녀여
더는 찾을 수 없도록 두 손 들게 한
여인이여
장밋빛 삶에 취했느냐 아니면
강물에 몸을 던져, 그 주검
고스란히 수석으로 남겼느냐
그대를 찾는 나는
내가 과연 누군가를 모르나니
그대여, 나는 누구인가

우리가 만났던 한적한 그 거리엔
너와 내가 내뿜은 호흡들이 모여
구름이었다가
안개였다가
가끔씩 찾아와 그냥 흩어지는 모습
그대는 보았느냐
실낱 같은 눈물 뿌리며 사라지는
그들을 나는 먼 발치에서 보았노라

미색을 찾아 떠도는 구미호가
풀잎 스치는 소리에도 귀를 번쩍

얼른거리는 그림자에도 눈을 번쩍
나도 그렇게 길들여 가는 건
그대 이후, 그대 만한 순박함과
아름다움을 못 보았나니
나는 천년이고
만년
저 무시무시한 구미호가 되어서라도
그대를 찾아내고 말리라.

혼자 있어야 둘이 되는 사연

호젓한 거리를 홀로 걸어야만
내 곁에 있어 주는 사람
나 혼자일 때가 아니면 절대로
나타나 주지 않는 사람
곧잘 웃어 주고
곧잘 대답해 주는 여인
그녀와 속삭이다 보면 시샘하듯
하루 해 훌쩍 떠난다
내 여인은 어두울수록
더 아름다워진다고 해에게 말해 줄 걸
그렇지만 밤이라고 좋을 것도 없다
올 같은 별빛이 발길에 감길까 봐
그녀가 넘어져 다치면 내 맘 속
가슴앓이 하나 더 생길까 봐
서둘러 마을로 들어서면, 그 사람
또 내 안에 숨어들어 나만 혼자다.

지워진 사잇길

공원 옆 그녀와 나만이 거닐던 사잇길
이곳에 오면 희미하게 사라져 가는 그녀의 모습
마음 속 깊이 짙게 새겨 가리라 했는데
세월이 너무 많이 흘렀나 보다

우리가 속삭였던 그 모든 언어들마다
어느새 사잇길 가득
제각각 풀과 나무들로 태어나
출입 금지 푯말을 대문처럼 세워 놓고
옹기종기 모여 행복에 젖어 있다

구부정하게 고개 내민 저 칡순들은
내게 무얼 물어 왔을 때, 그녀가 답을
받아내지 못해 제쳐둔 의문들이며
소나무에 달린 솔방울들은 그녀에게
내가 맹세한 수 없는 다짐들 같다

노랗게 핀 작은 꽃들은 그녀가 내게
사랑한다며 되뇌이던 귓속말.
드문드문 찔레나무 사이
아! 저건 제비꽃, 갑자기 눈물 치오른다, 그녀가 날아간.

그녀도 가고 사랑도 가고

쉽게 돌아올 것 같은
그녀가 아님을 알고 빈둥빈둥
내 속을 휘젓고 다니던 사랑이
유학을 간답시고 바람과 떠났다

유학을 떠난 지도 제법 여러 해
해마다 봄이면
그녀가 돌아왔느냐고
잎잎이 파란 편지 수없이 보내 온다

사실대로 알리기가 차마 부끄러워
여름 다 가도록 그녀를 기다리며
미뤄두었던 답장, 뒤늦게나마
샛노란 편지 우수수 띄워 보낸다

그녀보다 이젠 사랑이 더 그립다
이러다가 그마저 돌아오지 않는다면
거울 속에 비치는 아무것도 모르는
내 몰골과 싸우며 어떻게 살아간다지

태풍 때 뽑혀 나간 은행나무 자리에

이왕이면 목련나무를 심어볼까
그녀가 오기만 하면 덩달아
유학간 사랑도 돌아오게 될 테니까.

강변에서

하루를 살다 지는 꽃
열흘을 살다 지는 꽃
길게는 백일

혼란스런 세상에 물들지 않아
빨리 지는 꽃은
필 때처럼 질 때도 아름다워

오랫동안 머문 만큼
흉물스럽게 지는 모습이
내게도 그럴 것이라면

바위나 섬, 그리고 새
나는 왜
그런 쪽으로만 생각했을까

짧을수록 아름다운
꽃일수록 더 아름답기에
나, 이젠 꽃이 되고 싶네

맘에 드는 꽃을 골라

서서히 내 염색체를 주입
돌연변이는 가능할까

백합과의 불사초
기다랗게 피는 자줏빛
맥문동 꽃이거나

훤칠하게 서서
연분홍 가슴 다 열어 둔
부용꽃이 된다거나

내 살아 있는 동안
돌연변이 꽃을 완성하여
자식들한테 건네준다면

훗날 훗날에
할애비꽃 찾아온 후손
이래저래 볼 만하겠네.

우기 雨期

비는 잠시 그쳤지만 내 그리움만큼이나
두텁게 깔린 구름
언제 다시 쏟아 부을지 모르는 이변 앞에
빗소리에 얽매이지 않으려고
그리움에 흠뻑 젖어 가슴 떨지 않으려고
짙게 끓인 쟈스민 차
그녀가 유리 찻잔 속에 앉아 내 곁에 있으므로
지금 당장 장대비가 쏟는다 해도
비는 그냥 비일 뿐
그녀와 나는 예전처럼 창가에 앉아
땅바닥에서 튀어 오르는 음계에 맞춰
사랑의 노래를 부를 것이다
어딘가에 약간은 빈 것처럼 느껴지지만
우린 다시 예전과 다름없이 행복할 것이다
비야 내려 보렴, 실컷 한 번 퍼부어 보렴.

죽는 날까지 우리 함께 살아 있다 하자

바람 속에 섞여든 미세한 먼지처럼
내 눈으로 확인할 수 없는 그녀에 대한 뜬소문
쉽게 부서져 바람에 날리지 않을 여인이기에
그럴 만큼 깊은 정을 쌓아두지 않았기에
나는 그것만으로 그녀의 죽음을 캐내지 않는다

달이 떠오르면 그 달이 이지러지기까지
내가 그녀를 새겨 넣듯, 가끔은 달의 테두리 속에
내 모습을 새겨 넣고 있을 그녀
그녀와 나에 대한 이승의 면적을 측량해 둔 문서는
없지만, 분명 그녀와 난 면적 밖을 떠나지 않았다

이 역겨운 진개장 속에서 투신하지 않고 아직도
내가 남아 있는 건, 공기 중에 나에게 와 닿는
그녀가 내쉰 호흡을 받아 마실 수 있기 때문에
내 그리움의 호흡을 그 길로 전할 수 있기 때문에
이젠 이유 없이 내가 먼저 떠나지는 않을 것이다.

>>>>> 첫사랑, 시루 속에 키운 물망초 •

이별다운 이별을 위해

내가 만약
꽃잎처럼 떨어져 뒤뚱뒤뚱 뒷걸음질로 떠나는
당신을 목격했더라면
지금의 이 가슴이 이대로 남아 있을까

내가 만약
낙엽처럼 떨어져 쏜살 같은 강물에 떠가는
당신을 목격했더라면
지금의 이 심장이 이대로 뛰고 있을까

최북단과 최남단에서 군사우편 한 통으로
헤어진 우리
이 같은 헤어짐에 습관적으로 답답한 가슴
잔뜩 찌푸린 하늘, 비가 또 올려나

비가 곧 쏟아지면
내 가슴은 빗물에 퉁퉁 불어 사체가 되리라
미친 듯 불화살을 쏴대는 심장은 전쟁터가 되고
전멸된 전쟁터에 남은 건 이름 석 자, 최영숙

아직도 비틀거리며 살아 있는 건, 당신을 만나

이별다운 이별을 제대로 한 번 해 보자는 거지
서로의 뒷모습이 보이지 않을 때까지
손을 흔들며, 마음으로 행복을 빌어보자는 거지.

>>>>> **첫사랑, 시루 속에 키운 물망초** •

내게만 텅 빈 가을

너와 내가 무심했던 여름날은 스쳐가고
가을이 왔구나 하늘이 너무 맑은
낙엽들이 떠다니는 호수를 보니 틀림없어라

걸림 없는 온 하늘, 보이지 않는 그대
산 빛 뚜렷한 호수에도 그대 보이지 않고
덩달아 맑디맑은 내 속에서 간신히 보이는

도심의 가을거리를 걸어가노라면 시름시름
아파 오는 이 마음
그렇다고 눈을 감고 걸을 수는 없잖아

마네킹에 걸린 옷이 네게 잘 어울리겠다만
구두 가게 신발들도 너를 기다리는 것 같아
지금의 내 마음 낙엽처럼 뒹굴고 싶어라

부산하던 머릿방에 모처럼 빈 자리 하나
그대가 내 곁에 있다면 저 자리에 앉을 걸
거리에는 아무도 없다 빈혈이 왔나 보다

혼자서 헤매다가 홀로 돌아가기 싫어
등짐으로 짊어진 거리의 불빛과 가을 밤
그대여, 비틀거리는 나를 부축해 주렴.

우리가 만날 수 있는 곳은

여인아
맺지 못한 인연이었기에
단 한 번도 느껴 보지 못한 행복이었기에

살아서는 만날 수 없을 것 같은
생각할수록 가슴 아리게 하는 여인아
우리가 죽어서는 제일 먼저 만날 것 같기로

사람으로 다시 태어난다는 건 똑같은 전생
꽃으로 태어나
봄바람, 가을바람에 춤추는 행복도 좋지만

저 무한한 하늘
우리 한 데, 새털 같은 흰 구름이 되어
유랑하며 사는 것도 행복 중에 행복이겠다

보려무나, 저 가을 하늘을 유심히 보려무나
보석 같은 별들을 매달아 놓고
돛단배처럼 흘러가는 흰 구름을 보려무나.

>>>>> 첫사랑, 시루 속에 키운 물망초 •

힘 주어 말해 보라

그대와 나는 죽어서
구천을 떠돌고 있노라
구천의 바람 하도 거세어
눈뜰 수가 없으니
수만 번을 스쳤다 한들
누구에게 잘못이 있으랴

그대와 난 살아 있지 않노라
살아있다면
수십 년
이 좁은 땅에서
초고속 과학을 만지면서
만나지 못하다니

그대만 죽고 나만 살아 있는가
벌써 흙이 되었다면
있는 힘을 다하여 말하라
백자 내지 청자를 빚어 놓고
나 그대 위해
가마에 들어가 활활 타주마.

5계절

봄, 여름
가을, 겨울
일년이 네 조각으로 구획 정리된 탓에
만물은 너나없이 사계절에 순종하지만

봄, 여름, 가을, 겨울이 아무도 모르게
제각기 사분지 일씩 살점을 떼어
내게 주었기로
나만이 소유한 지상 유일의 5계절

봄, 여름, 가을, 겨울, 그리고
그리움
남들에게 들킬까 봐 달력에도 넣지 않는
덤으로 얻어진 계절 하나

그 계절엔 소금 꽃이 눈가에 만발
강 없는 강물이 물길 없이 흐르고
그 계절엔 나 혼자 들끓다가
때로는 잔잔한 파문에 별을 파묻는다.

해야, 달아, 그리움아

낮에는 붉은 서치라이트
밤엔 백색가루 같은 서치라이트를
번갈아 퍼뜨리며
한결같이 동에서 서쪽으로 그것도
지구 한 곳이 아닌
십만 억 국토를 샅샅이 뒤지는 너의
심정을 이제야 알았음에 너 또한
내 마음 훤히 꿰뚫어 보고 있음이니
태초기의 이별이나 금세기의 이별이나
한 번 도진 그리움은 버릴 수 없나 보다
무한 공간, 최상의 고도에서 십만 억
국토를 아예 태워 버릴 듯 강력한 빛으로
찾고 있는 너의 대상은 누구이드냐
주먹만한 지구 밖을 나설 수 없는
내게 비하면 너는 대단한 행운아지만
너와 내가 찾아내지 못하는 데 있어서
이 시간까지 아무런 차이가 없나니
여름 내내 너무 발광을 한다거나
겨울에 들어서서 기죽지 말아라
나는 내 그리움의 대상을 찾기 위해
평면의 물상 속을 낮은 키로 헤매어도

아직은 희망이 있다만
태초에서 이날까지 찾지 못한 대상이
과연 살아 있겠는가, 이제는 포기하고
나를 위해 지구에다 빛을 고정해다오.

낙엽은 또 지고

한 번 떠나면 영영 돌아오지 않는
소리
그대는 소리
한 번 흘러가면 돌아올 줄 모르는
강물
그대는 강물

소리는 어디론가 영원히 사라지고
바다로 간 강물은 하나같이 미쳐
그대는
그대는 증발된 영혼인가, 아니면
정신병동 창살을 물어뜯고 있는가

그렇다고 하자
그럼에도 잊을 수 없는 이유는
세상에 단 하나뿐인 사랑
그를 찾아 내 마음의 빈 항아리를
달래야 하기에

그대여
도둑이란 누명에서 벗어나려면

사랑을 재빨리 돌려주는 일이다
영어의 몸이라면 편지를 띄우렴
나, 단숨에 달려가리니

우리 둘 사랑 외
세상의 모든 사랑은 위조지폐와
다를 바 없는 것
낙엽이 지고 또 지고 질 때마다
나도 따라 조금씩 지고 있노라.

그리움의 징검다리

그리움의 세계는 온통 강이다
까마득 점점이 놓인 징검다리
바다 같은 강에 삼각주는 흔치 않아
내 살던 곳에서부터
부채꼴로 갈라져 있는 징검다리
건너간 이 나무도 없어 돌덩이마다
물파래들의 머리채가 물에 잠겨 있다
처음부터 잘못된 진로
몇 십 년째, 지금도 건너고 있지만
그녀가 살고 있을 만한 삼각주는 물론
어디에도 삼각주는 보이지 않는다
이 방향 끝에 삼각주가 있다 해도
그녀가 있지 않으면
맨 처음 삼각주로 돌아가 또 다른
부챗살을 향해 찾아 나서야 한다
강이 깊다면 물파래에 미끄러져 온 몸
물고기들에게 내맡겨 그들의 내부에서
편히 한 번 쉬어 보고 싶지만, 강은 내
그리움의 억만 분의 일도 못 되는 깊이
강은 언제나 말이 없고 반복되는 해와
달이 내게 현기증의 투망질만 일삼는다

저기 저 소금 같은 별들이 아니었으면
난 벌써 쓰러지고 말았을 것이다, 이젠
부챗살이 포개진 삼각지로 돌아가자
그곳에 남아 만남과 죽음을 기다리자.

정情

이토록 잊혀지지 않는 그리움은
그가 몰래 남긴 홀씨 하나 때문이니
수 세월을 자라 아름드리가 된 나무
이제 와 자른다고 쉽게 넘어질 일인가
그루터기에서 불거지는 잔가지들이
나를 가만 두겠는가

그가 떠난 후, 나 혼자 불모지에 남아 쓰러져 죽을까 봐
가장 든든한 홀씨, 내 마음에 몰래 심어
여름에는 그늘, 겨울엔 바람막이가 되어
나를 감싸라 하여 미리부터 작정하고
눈물의 강을 건너면서 남은 자를 위해
기도까지 간절했으리

그리움아, 자랄 테면 얼마든지 자라라
뭘 먹겠느냐, 내가 다 구해 주마
유달리 돋보이도록 쑥쑥 자라거라
나에게는 내가 사랑하는 여인이며
너에게는 오직 너의 주인이니
언젠가는 찾아올지 모르니까
모든 나무들, 네 허리춤을 넘지 못하게
자라거라 쑥쑥 얼른 자라거라.

나목裸木

나는 잎진 나무
내게서 떨어져 나간 낙엽아
지금은 누구의 님으로 행복한가

떨어져 나간 자리에 형체 없는
그늘만 남아
나는 그것으로 님을 삼을 수밖에

나에게 비록 님이 있다지만
사랑이 있다지만
예전과 달라 불러줄 이름이 없네

상처를 씻어줄 눈이 내린다면
새 순 하나 돋을 수 있겠다만
백옥 같은 눈은 언제 내릴지

나목으로 남아
몇 몇 봄을 그대로 넘긴다면
나는 고사목, 나는 영원한 고사목.

진진욱 제4시집

첫사랑, 시루 속에 키운 물망초

•

지은이 / 진진욱
발행인 / 김재엽
발행처 / 한누리미디어
디자인 / 지선숙

121-840, 서울시 마포구 서교동 395-13 2층
전화 / (02)379-4514, 379-4519
Fax / (02)379-4516
E-mail/hannury2003@hanmail.net

•

신고번호 / 제300-2006-61호
등록일 / 1993. 11. 4

•

초판발행일 / 2009년 9월 25일

•

© 2009 진진욱 Printed in KOREA

•

값 7,000원

※잘못된 책은 바꿔드립니다.
※저자와의 협약으로 인지는 생략합니다.

•

ISBN 89-7969-292-7 03810